프롤로그

사진에 글을 써나간 지 오랜 시간이 흘렀다.
무채색의 내 삶에
쉼표와 느낌표가 마침표와 친구가 되어 갔다.
더듬어 보는 사랑처럼
시를 손끝으로 매만진다.

목차

프롤로그

가막살나무 꽃

오월의 길가
한낮에 소리 없는 폭죽이 한창이다.
깨알같이 터지는 꽃의 말
푸른 잎 그늘에서도
톡! 톡! 톡!

구름의 감정

누군가는 떠나가고
누군가는 아파하고
누군가는 사랑하네.
감정도 구름처럼
흩어져 갈 수 있다면

소나무 뿌리 담아둔
마른 담벼락에
따스한 말 빼곡히
박아두었다.
햇빛 품은 기운의 말들

토담토담

사랑

서로의 자리를 조금씩 내어주며

따스하게 번지다

스며드는 일

가녀린 사랑

하나인 듯 둘인 듯

당신을 사랑하고도

먼 그리움은

오늘도

홀로

심장

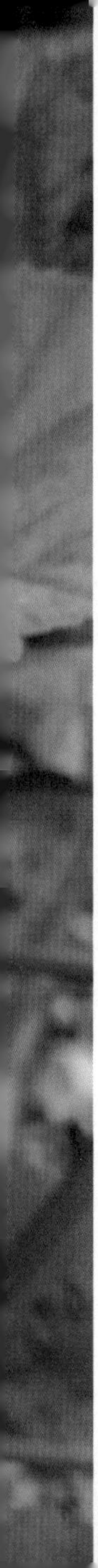

온 핏줄
온 신경
하나로 이어지는 곳

그대에게로
간다.

오랜 마음

너는 뭐가 되고 싶어?

바람도 알고

바다도 알고

파도도 알아.

햇살 가득한 나의 마음

양남 바닷가 미역마을

잔물결 아래
아기 성게
새근새근 낮잠을 잔다.

파도가 들려주는 낮은 자장가
일렁이는 바다 손길

오치골

속으로 우는 법을 일찍 배워버린
아이 하나
뼛속까지 찾아든 외로움을
은행잎이 대신 울어주던 골목

남목 이디야

늦은 밤에 만난 오랜 친구와
그동안의 이야기가 차오른다.
그윽하고 향긋하게
익숙한 커피처럼,
어디야, 여기야.

담쟁이

울기 등대

어린 시절
소풍 왔던 그 자리
친구들의 웃음소리, 우리 가족의 흔적
고스란히 담은 맑은 숲이
아직도 내 얼굴을 기억하며 손을 흔들어 준다.

대왕암

지킬 것이 있다면
죽음도 넘어서는
푸른 물속으로
장엄하게 잠기어 가리라.

거미줄

나무와 나무 사이
어두운 밤에도 드리워진 거미줄 한 가닥
그대와 나 사이에도
바람에 흔들릴지라도
끊어지지 않는 인연 한 가닥

어떤 빛

산책길

가끔은 혼자여도
좋은 길

어디선가 당신도
저 다정한 노을과 마주하겠지요.

만석거에서

만석거에서 바라보는 빌딩은 삭막하지 않았네.

땅으로 몸을 바싹대고 자신을 한없이 낮춘 자목련과 라일락
바람의 쓸쓸한 입술이 스칠 때에도 몸을 웅크리지 않았지.
저문 들녘을 달리는 그늘진 사람들의 마음속에서
깊은 향기로 빛나기 시작했어.

선운사에서

동백꽃이 보고 싶어서 무작정 떠난 길
선운사에 이르자
구름이 쉬고 있다.
구름을 몰고 온 시간이 앉아있다.
햇볕만을 오롯이 적시며 눈부시게 멈춰있다.

구름도
쉬어가는 곳
선운사 신도회

한껏 오므렸다

피워내기 전까지

뿌리에서 하늘로

밤에서 한낮까지

입술을 꽉

한 송이

가을 하나

은은하게 물들던

진심 하나

톡

떨어지다.

소행성

어느 소행성 하나

전깃줄에 걸려 잔뜩

애만 태우고 있다.

그대에게 갈 수 없는 거리만큼

애틋해지는 하늘

인사

불쑥 건넨 한 마디
미처 하지 못한 한 마디

당신에게 수줍은 향기로
언제나 그 자리인 나

사랑의 처방

피곤할 때 한 알 같이 먹으라는
엄마가 남기고 간 처방
아끼고 아끼다
버티고 버티다
겨우 꺼내먹는 사랑 한 알

복합
우루사
복합
우루사
UDCA
피로회복 · 활력증강
80캡슐
ㅏ, 5천만!
풀려라, 피로!
피곤 할때 우루사
한알 같이 먹어라
피로회복 · 자양강장
박카스
D
www.bacchusd.com

싸락눈

얼음 알갱이 부순 듯
또각또각 내린 눈
집 나온 나뭇잎 위에는
엉덩이를 살짝 비켜 앉았다.
커다란 거인 발자국도 슬쩍슬쩍 건너뛰었다.

마음 전달자

누가 가져다 놓았을까.
저 시린 땅 위에
로켓배송으로 날아온 마음 상자
닦고 닦아 없어지는 휴지처럼
마음도 자꾸 자꾸 배달이 된다.

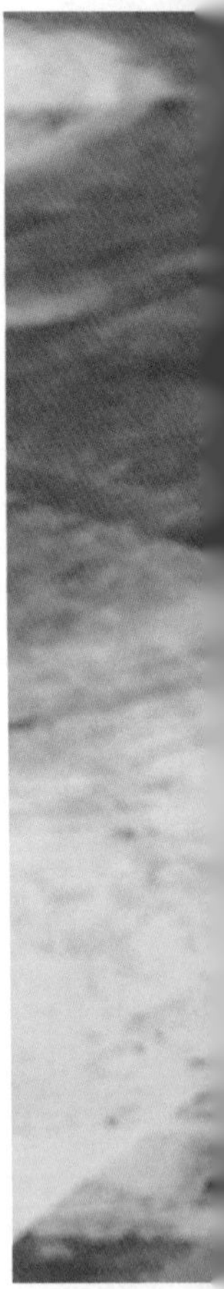

그리운 메밀꽃

하얀 별이 떨어진 그곳에

남겨온 발자국

소설 속 먼 이야기처럼

이따금

맑은 기억을 주는 당신

쌍봉가로등

더 이상 어떤 말이 필요할까요.

함께 밝히는

등불

두 빛이나 켜져 있다면

묵묵히 걸어갈 뿐

나란히

신호등 앞에서 두 발 나란히 모으고

손을 지그시 잡아본다.

도란도란 얘기 나누며

같은 곳을 향해 바라보다

다시 걸어가는 우리의 길

능소화

높고 높아

한 없이 올려다보는

지극한

사랑

그리움의 거리만큼 오른다.

저녁달

손끝으로 닿을 수 없지만
풍경 하나 마주하고
저문 하루 차양을 걷어본다.
녹은 아이스크림 한 점 뚝
떨어져 찍히는 저녁

노랑의 로망

주말의 볕은 더 따듯해.

가을은 어디론가 여행을 가고

남아 있던 친구들이

도란도란 마당에 모여 머무르는 시간

계절은 흐르듯 숨 쉬고 있다.

가을 단풍

손가락 마디마디
흐릿하게 거머쥐는
햇빛 한 움큼
오므릴수록
타들어가는 가슴

너와 나

한 줄기에서 나온 우리는
서로 다른 방향으로
제 살 길 찾지만
마지막에는 결국
서로에게 닿으려하네.

당신, 잘 있나요

어디에서든
나를 감싸던 그 목소리

언제라도
나를 울리던 당신

잘 있나요

당신, 잘 있나요

노란 우주

서로 다른 행성에서 온 우리는

깊으면서

차가운 온도를 지닌 채

얇은 수면으로 떠도는

우주

별잎

울음을 그득하게 채우고
그렁그렁 걷다가
문득 고개를 드니
누군가 뿌려놓은 밝은 별빛에
눈이 시리다.

문득, 길

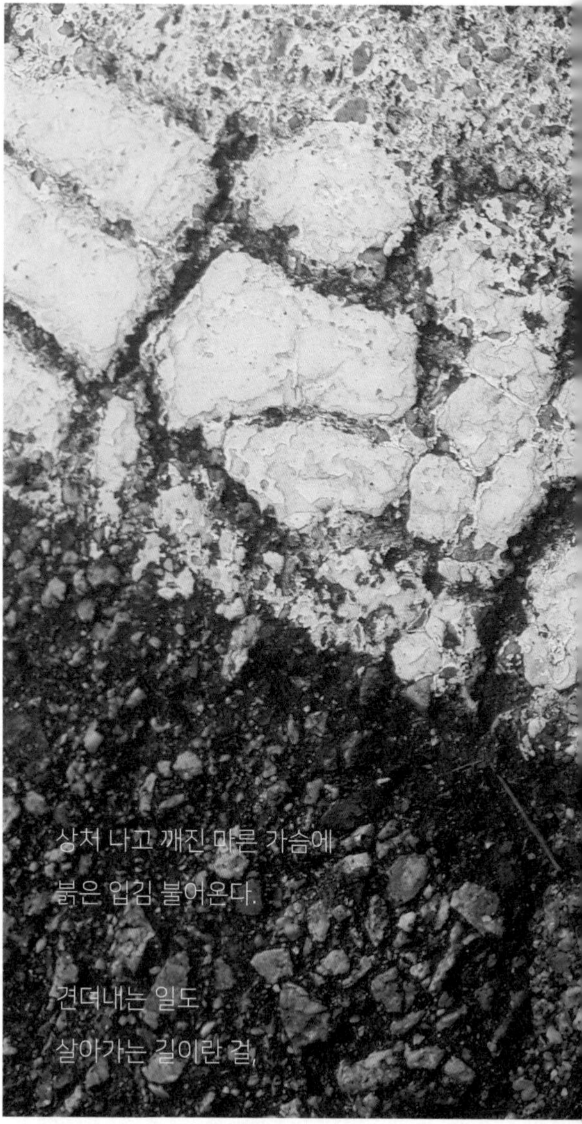

가을이 남긴 선물

가을에 태어난 알을 품으려고
노란 나비들이 모두 내려와
둥지를 만든다.
봄이 올 때까지
꼭 품어주려고

칼란디바

사랑하는 일에 끝이 없어요.
오늘도 꽃잎 하나
겨우 피웠을 뿐인 걸요.
다시 눈물로 질지라도
지금 당신이 웃을 수 있다면

상처

가시 박힌 한 마디의 말에
꽃잎들
모두 내려앉았다.

상처에 익숙한 사람은 없다.

시리도록 아름다울 그 말

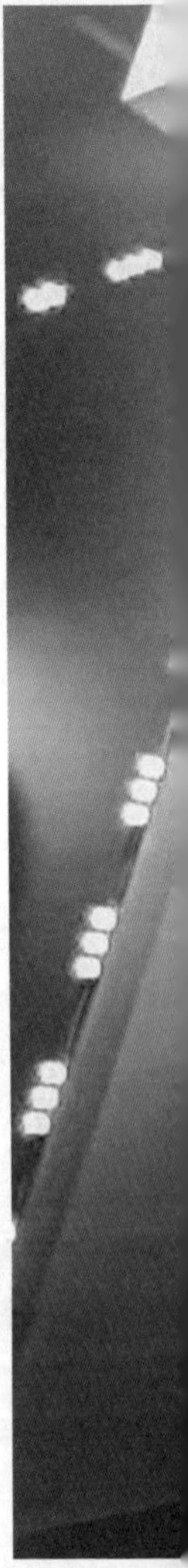

믿어달란 말보다 더 힘이 되는 말
흔하고 흔해서 더 어려운 그 말
때로는 그 말 앞에 무너질지라도
아끼고 다듬어가는
'사랑'이라는 말

그대에게

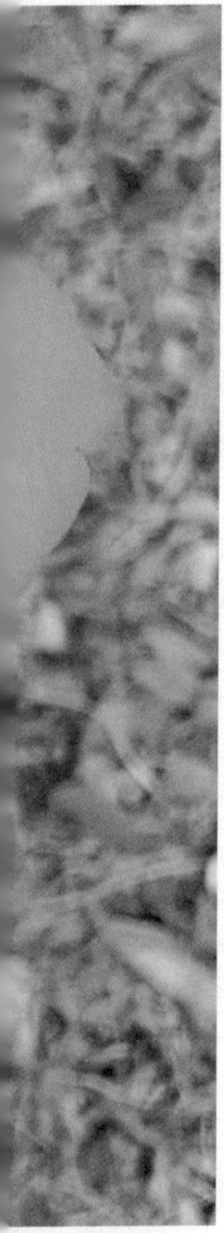

어떤 말은 너무 깊어 꺼낼 수 없어요.

어떤 말은 너무 얕아 꺼낼 수 없어요.

어떤 말로도 그대를 대신할 수 없어요.

그대라는 단 하나

새알 두 개

바닷가에서 주운 돌멩이 두 알

손바닥에 올려두고
가만히 햇볕과 함께
손을 감싸주었다.

엄마가 빽빽하게 코팅해 오신
행운 한 가득
당신은 행운을 주시며 흐뭇해하셨고
다시 하나씩 오리는 나는
앞으로 만날 행운에 행복해 한다.
행복은 어디서 올까

기억

커다란 창고 하나 있다면

저마다의 기억들에 이름표를 주고

하나씩의 방을 만들어 차곡차곡 넣어둘 테요.

제각각 다른 서로가

하나의 기억이 되는 곳

그리운 이름

내 마음속 반짝이는 별 하나
안부가 궁금하여
쓰다가 만 편지

시도 고백도 될 수 없어 떠다니는
원고지 위의 행성들

원고지 쓰기
안녕
사랑해

파릇파릇 돋아난 쌍무지개 사이로
소나기와 줄넘기하는 글밭의 음표들
토도독 톡톡톡
피어오르다.

동심

기념이 된다는 건

추억을 담아서

잠가둔다는 것이겠지.

필요할 때 하나씩

따서 맡아볼 수 있으니까.

코르크 마개

안녕, 달

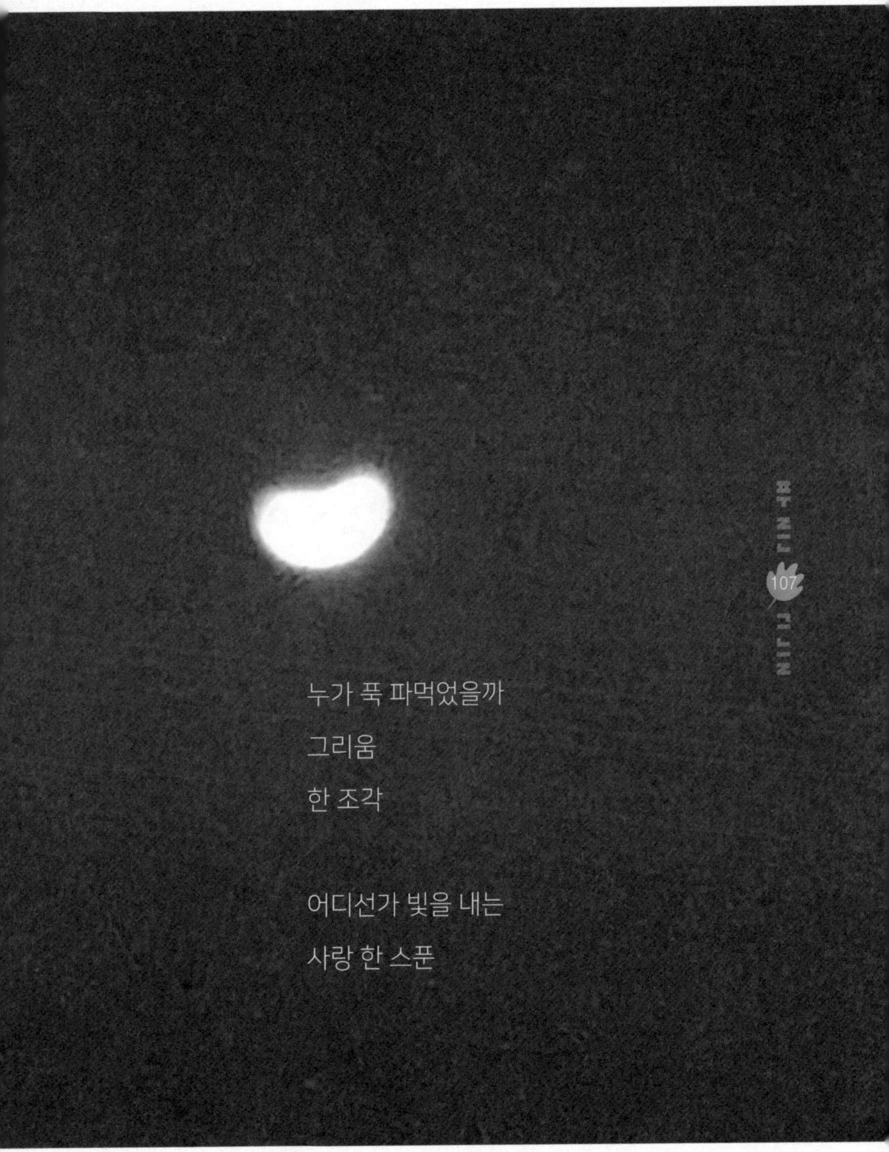

누가 푹 파먹었을까
그리움
한 조각

어디선가 빛을 내는
사랑 한 스푼

들국화

네모난 방 안에서

딸깍!

스위치 하나로

들국화 피었다.

내 마음에도 네가 가득 켜지는 밤

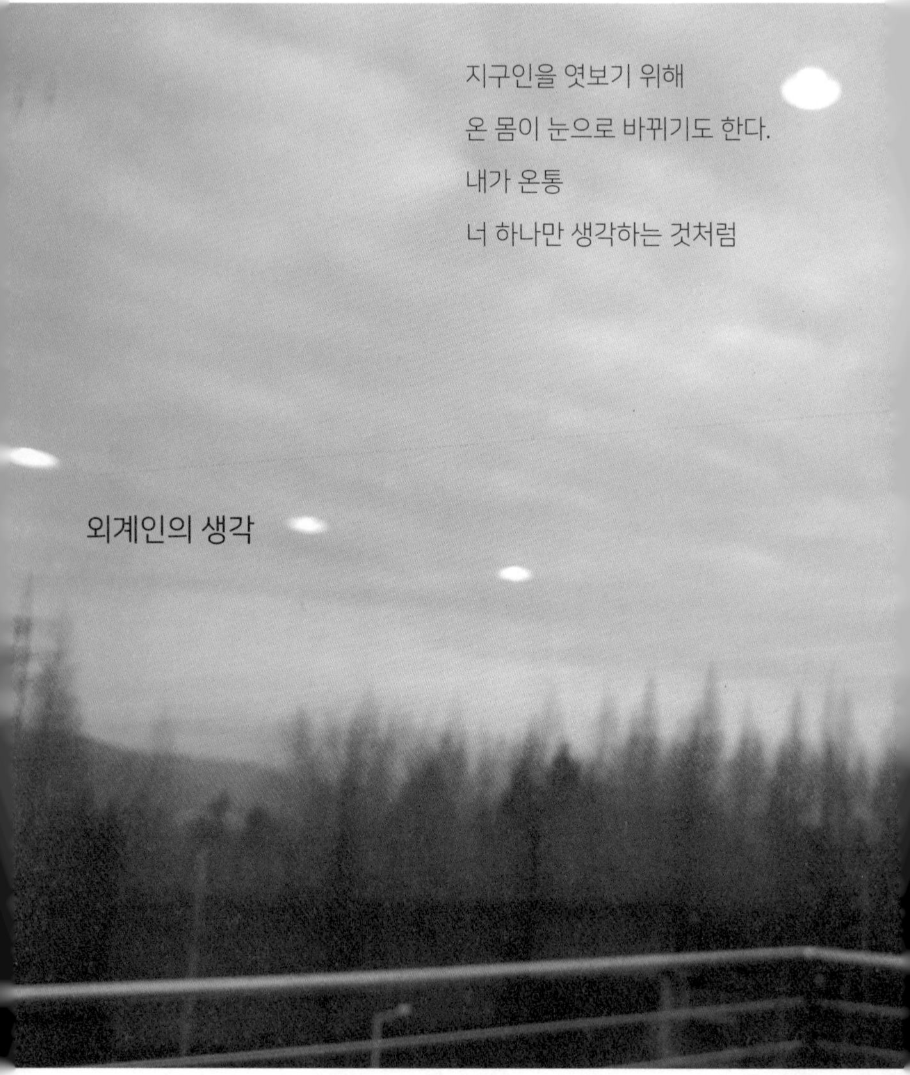

지구인을 엿보기 위해
온 몸이 눈으로 바뀌기도 한다.
내가 온통
너 하나만 생각하는 것처럼

외계인의 생각

태화강

서울에서

울산에서

어김없이 흐른다.

도시의 젖줄

너를 그리워하는 마음의 강물

편지

누구 하나 찾지 않아도
덩그러니 서 있을게요.
당신이 오시기만을
기다리면서

POST
간절곶 소망우체통
간절곶 소망우체통
우 편

이별

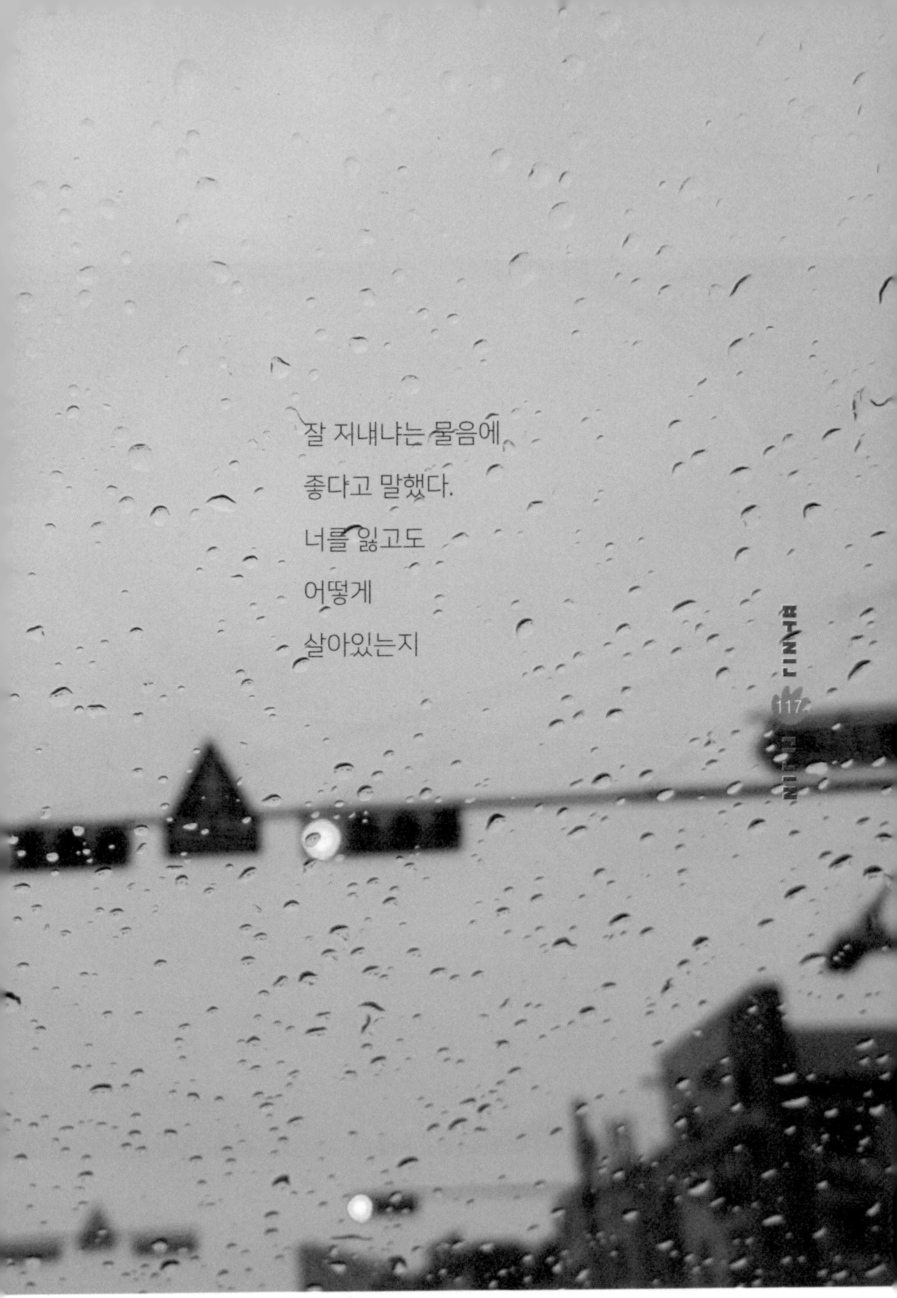

잘 지내냐는 물음에
좋다고 말했다.
너를 잃고도
어떻게
살아있는지

하루

부풀어 올랐다가

쓴 커피 속으로

사라져간다.

오늘 하루도

달콤한 꿈 한 잔

그대,
오는 날

크리스마스가 별 건가요?

반짝이는 거리 속에서

당신과 둘이서

불 밝힐 수 있다면

그걸로 충분하죠.

"사랑해."

한 마디로 충분해.

너에게 연필을 줄게.

내가 쓰지 못한 말들

모두 써주렴.

꾹 꾹 누른 세 글자.

비행선

내 눈에 떠오른

UFO

당신을 찾아 헤매는

낯선 눈빛

고독의 위로

무엇 하나 잡지 않아도
무엇 하나 채우지 않아도
텅 빈
가득
그것으로도 충분하다.

거리에서

꽃이 지나가고
향기가 지나가고
계절이 다 지나갑니다.
사람과의 인연 속에서
잠시라도 쉬었다 가는 시간은 언제일까요.

보물찾기

유리 같은 소망일지라도
담을 수 있다면
고스란히 걸어둡니다.
알고도 꺼낼 수 없는
비밀처럼

오랜 의자

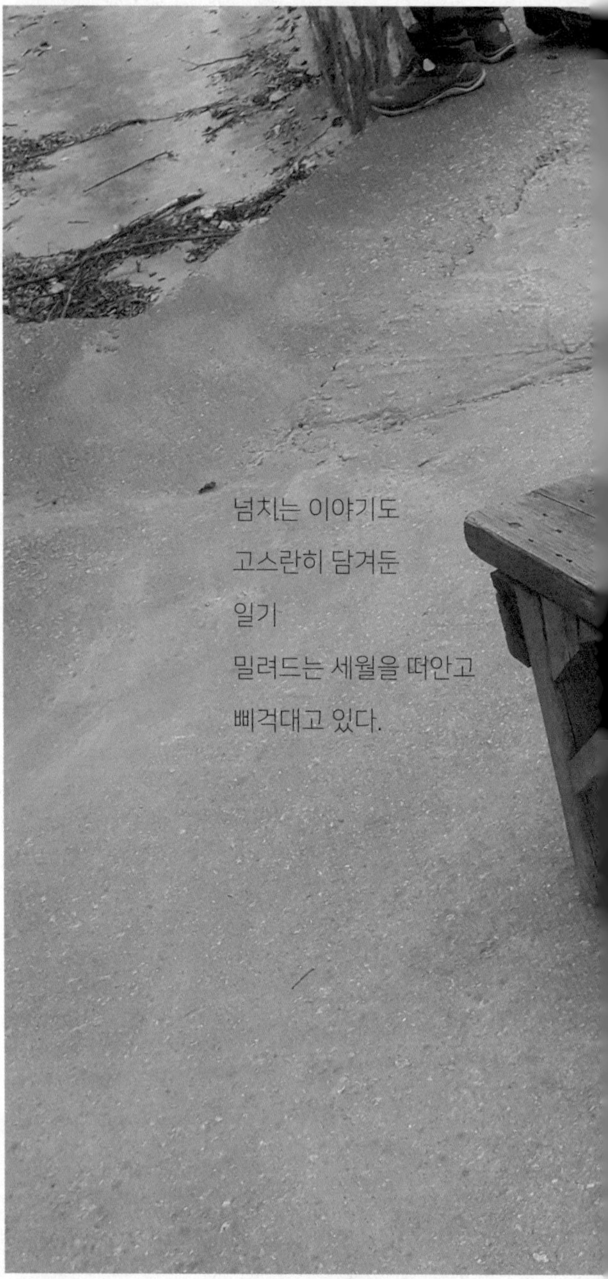

넘치는 이야기도
고스란히 담겨둔
일기
밀려드는 세월을 떠안고
삐걱대고 있다.

풀씨

마른 땅 위로
풀씨 하나 날아들었다.

밤새 모진 바람에도
불쑥 고개 들어 올리는
기운 센 희망 하나

비가 오는 날

놀이공원에는 부재한다.

우주 가득 비가 내릴지라도

도처에 슬픔이란 없다.

간혹 맞는 빗방울에도

축복의 손잡이를 잡을 것만 같다.

간월암

물이 들어찬 바다 위로
소망들이 빼곡히 들어앉는다.
오랜 기도로 올려 진 기와에
넘실거리는 목어의 꿈

초록별

싱싱한 불빛 한 그루 하루를 데려간다.
서로의 어깨를 겯게 해주던 바람이
온화한 입김처럼 내 볼을 스치고
먼 바다에서 불어온 전설처럼
속삭임으로 남는 여름밤

꽃 그림자

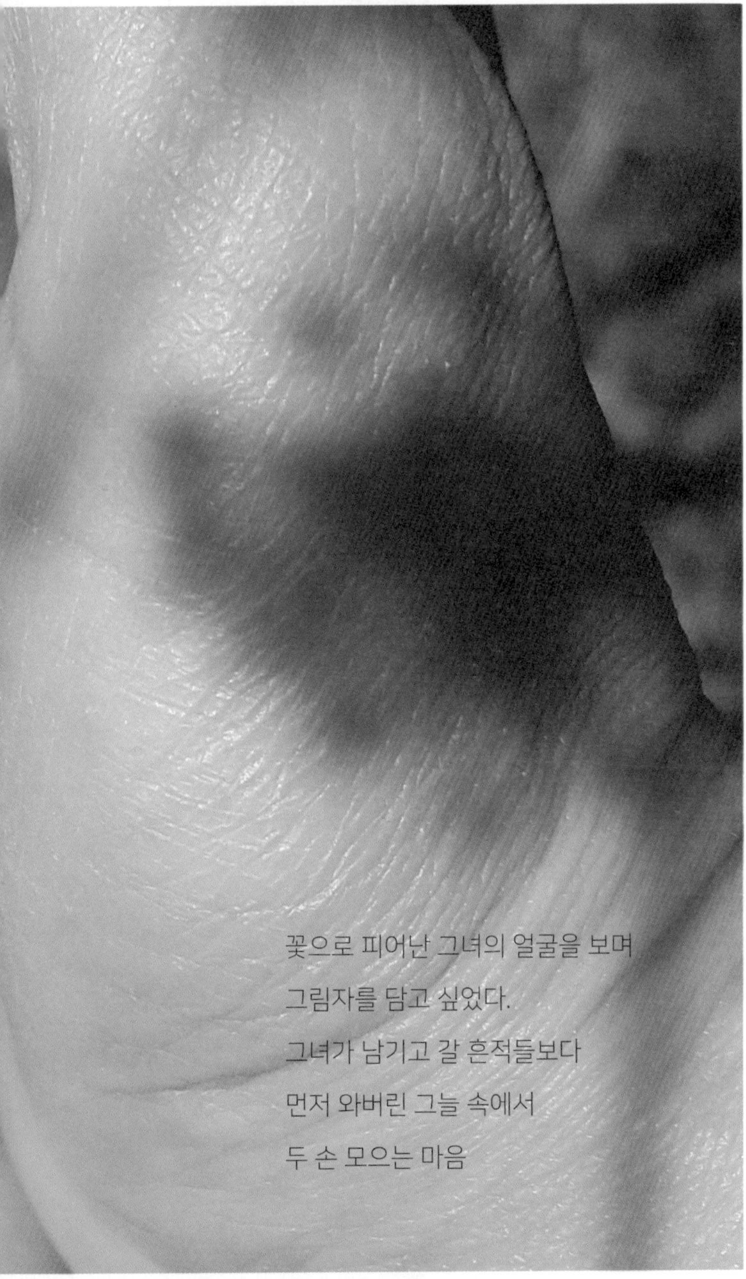

꽃으로 피어난 그녀의 얼굴을 보며

그림자를 담고 싶었다.

그녀가 남기고 갈 흔적들보다

먼저 와버린 그늘 속에서

두 손 모으는 마음

그대라는 꽃

하늘을 보는데
당신이 거기에 있네요.
손에 닿을 수 없는
그곳에

당신

일시정지

잠깐 멈춰있는 거야.
열심히 달려왔잖아.
눈물이 다 마르고
더 활짝 피어날 거야.
지금도 반짝거리는 너

흔들리는 피사체

당신의 웃음 뒤로 보이는 슬픔이
당신을 보고 있는 내 모습만 같아서
내 눈 앞에 당신은
흔들리는 세상 속에서 오늘도
희미한 피사체로 남습니다.

에필로그

그리움은 꽃의 모습으로 오고
물의 모습으로 오고
구름의 모습으로도 왔다.
가는 곳 어디에나
나보다 먼저 와서 피어있고
흐르고 따라다녔다.
언제나 함께하는 순간을 꿈꾼다.

여기 실리지 못한 최근의 모든 순간들은
그 어느 길가에서 마주할 수 있기를.

푸른 잎 그늘

2022년 10월 20일 초판1쇄 발행

시와 사진 권지영
펴 낸 이 김성민
편집디자인 김경자

펴 낸 곳 도서출판 브로콜리숲
출 판 등 록 제2020-000004호
주 소 41743 대구광역시 서구 북비산로 65길 36, 2층
전 화 010-2505-6996
팩 스 053-581-6997
홈 페 이 지 www.broccoliwood.com
인스타그램 broccoliwood_
전 자 우 편 gwangin@hanmail.net

ISBN 979-11-89847-43-2 03810

*이 책은 용인시, 용인문화재단 문화예술공모지원사업 지원을 받아 발간되었습니다.

*책값은 뒤표지에 표시되어 있습니다.